山河万朵

艾诺依 著

陕西新华出版传媒集团

太 白 文 艺 出 版 社

图书在版编目（CIP）数据

山河万朵 / 艾诺依著. -- 西安：太白文艺出版社，
2021.7（2022.1重印）
ISBN 978-7-5513-2006-1

Ⅰ.①山… Ⅱ.①艾… Ⅲ.①诗集－中国－当代
Ⅳ.①I227

中国版本图书馆CIP数据核字(2021)第114130号

山河万朵
SHANHE WAN DUO

作　　者	艾诺依	
责任编辑	曹　甜	
封面题字	普　石	
整体设计	建明文化	
出版发行	陕西新华出版传媒集团	
	太 白 文 艺 出 版 社	
经　　销	新华书店	
印　　刷	三河市华东印刷有限公司	
开　　本	880mm×1230mm　1/32	
字　　数	130千字	
印　　张	6.75	
版　　次	2021年7月第1版	
印　　次	2022年1月第2次印刷	
书　　号	ISBN 978-7-5513-2006-1	
定　　价	42.00元	

2019年感触颇深的三件事
或许，并不会随着时间流逝而淡忘 ——

一起参加工作的同事，2015年确诊为白血病
之后经历多次化疗和移植手术，
年末终于收到他康复返工的好消息
另外一位年过半百的诗友，上半年被判了"死刑"
中西医结合治疗都毫无起色
据说患此病者活不过两年
后来……后来是被"误诊"，原来是老天开个玩笑
诗友见到大家开心地说："死不了啦！"
还有，一起长大的发小，1990年出生
艺术男、硕士毕业、回到家乡从事理工行业
重阳佳节突发心梗再也没有醒来
他还没来得及生儿育女便消失了
在这个世界上的痕迹也荡然无存
生命如此脆弱，唯有亲人悲痛不止……感恩·惘然
花开不是为了凋谢，而是为了结果
结果也不是为了终结，而是重新开始……

人生亦如此：一世清宁，安然盛开

在平凡中，活出属于自己的诗．

祝愿，每个人醒来，心中都有希望．

期许花开万朵的烂漫

静赏壮丽山河的淡然，

在未知而不遥远的未来

艾诺依

2020年2月20日 于东长安街

目录

辑二　芬芳

辑三　朵朵

辑一 一瓣

无尽光芒

好像远方的炊烟，唤醒已久的沉睡
又如同从未感到衰败的太阳
照耀着芦苇荡漾的天真与创伤

从地铁四号线换乘一号线，行人的身上
或许能够看见暮霭
但在青春的寒灰里，滋养冬日的烈焰
定将在春风里播种明天，在秋阳里收获希望

躺在昨日的梦中，打开平淡岁月的第一页
灵魂与承诺漂浮在许愿灯上
它们穿过每个不眠的夜晚，披上红色的烟火
像每朵雪花一样落地生根
像时光的花园重新经历死亡

钟声敲响，爱你的人

会从很远的地方回来

世界倒立起来

地上是无数星辰，落满四季的衣裳

星光使者在列车上值夜班

我不知道，这个超级降噪的耳机
是开关的利器，彼此隔绝
却更加渴念

窗外的夜色
跟影子一样瘦，才会挤进我的眼眸

晃着膀子走过去，走过玻璃的边缘
回忆被时间挤出了轨道
在美丽的时刻，夜的尽头

这些可爱几乎随声音远远飞走
但愿世间没有一列车
从耳朵，穿过来时的路

人间太吵，带着坟墓的气息
住进银河的心里

我在月球寻找人间

导航的声音，甜
却寻不到消失的地方

手捧的玫瑰，鲜
却寻不到凋零的痕迹

电子玫瑰与卫星之间的通话，是一场秘密

我站在路口寻找
寻找，一个小小的影子
只有移动的身形，弯成月亮
吞噬了太阳的光辉

暗下去的云涂抹了，一道口红
这便是开始

我们将在没有黑暗的地方相见

空留躯壳在原地，静立

灵魂，已在影子下寄居

智能音响

餐桌一角，许多孩子并排而立
性别，年龄，是杯中抚不平的倒影
完整地拥有大小，色彩
存在不分冷暖，时间回答——
"在呢，请问有什么可以帮您的"

让小爱同学干活
小爱叫小度去
小度叫精灵去
精灵叫小冰去

声音是把枪，必须
记住每个人的名字
才会击碎屋子里的黑夜，世界随之崩塌
收音机早已落满烟火
有时沉默，试图卷走固有的样子

人间风尘仆仆，虚拟地生长

我的小孩，揣在怀里

正在咿呀，一尘不染的黄昏

网红

等到魔镜出现，站在远一点的地方
那片扭曲的丛林才会出现火把
足够吸引飞蚊，就可以
幻化成一个个头骨
黑与白，看不到野狼的足迹

此时，靠近
破烂的布缠绕诚意，抵达
散乱的梦，切割镜头越来越碎
云朵被薄纱分成细小的赠品
编织下一个陷阱

只有一双火眼金睛
大圣还在取经的路上

路过人间

春天过滤雨，软鞋底过滤泥土

秋天的牙齿，落了又长

长了又落，落了再也不长

夏天犯规，梦境里闯入加绒外套

是楼盘销售，保险代理，公交车司机

是街角清洁工，996互联网民工

或是一个加班熬夜的公务员

日子的厚皮囊，有时沾着露珠

紫外线敲不响古老请柬

走到废墟之前，割掉青草的香

山被铲平，以便开路

从空气中摄取矿物质

不倦的游子痛饮最后一杯多情

审视一个途经火车站的流浪汉

独坐，灯灭

电话响起

在心里搭建的秘密花园，还未入眠

幸好忘记将獠牙拔掉，沉默的清醒

散落尘间的绽放

第 112 个走丢的梦，和一朵相思

风吹起

褶皱的夜里，修剪身上的败叶枯枝

我像一个交出自己的老者

躺在属于自己最后的地方

沉沉睡去

在这无风的夜晚

在这无风的夜晚
我又想起了你
花盛开一片
阴影就被裁短一寸
日月挤满枝头
雷峰塔的遥望，坠落
细碎的光

不再轻易地改变姿态
说起从暗处而来的灯
说起越不过冬的脚步
说起夏天穿过的短暂一生
抖落的泪，浮腾着
尘埃与星辰
打湿季节的帷幕

如果拥有蓝色

献给这火焰、花园与耳的颜色
随青海湖的水流向远方
我害怕小船打扰你的宁静

献给这沉默、天真与泪的颜色
随日月山的云飘至身旁
我害怕晚风吹迷你的眼睛

云和海，彼此静坐
泛着金色的微芒
那是雪山，被阳光镀上袈裟
即将背起人间的行囊

行囊里装着
牦牛的黑，山羊的白
交织在绿色的洼地上

一匹模糊的小马

活在渐暗的夜色里

雨滴，开始从天空落下

高山仰止

所有，都冲着宝塔而去

漫步路边

听着广场上的轻音乐

看到对面的清凉山

隔着延河与宝塔山相望

右边是新闻纪念馆，左边是庙宇

有成群的燕子越过延河

向北方飞去

蝴蝶落在水草堆

石头高出水面，朵朵花儿紧贴桥墩

就回来吧，有人在等待

我走到桥上

在这里写下重逢

故居和她

她颤巍巍地递来手机
希望帮忙拍几张照片
——以为是要和墙上的人合影
——她长得像照片中的女人
"不，不用了。"
这些照片，拿回去给她的母亲看看
这双眼睛里，能看到母亲的神情
曾经仰慕过这颗星
不曾相识，不会再见
却在这片寂静之地
忽然穿过生命存在的风景

月亮的心事

咬上一口元宵，流淌出

无数种闪烁的滋味

点亮，满街手拉手的花灯

早春的嫩芽，隐藏在往来的身影里

从泥土和夜空中，感受寒风迎面的气息

气息漫长，经过高高的景山，深深的北海

穿过漫长无尽的二月，和不绝于耳的歌声

被沿着地平线的人，就着荒凉一饮而尽

如今，只剩下一个空荡荡的瓷碗

盛着岁月的余味

此刻，谁愿意摘下某颗星星

怕你走丢的心事

追逐在，烟花托起的月色中

阿甘先生在冬天

在平遥古城的 2018 年

雨没有停止

阿甘先生继续活着

脖颈上，戴着扇子般的喇叭

没有人知道，他在那里想什么

客人走近，就抬抬眼皮示意

守护自己的疆土

无言地抗争着恶敌

这些恶敌折磨他，碾轧他，嘲笑他

切除肿瘤的手术，伴随着残损的身体

在他的回忆里

难忘的，不是旧爱

是夜幕下，爱情里的挣扎

被命运选中

就要成为，永不妥协的战士

熬过冬天，只为了漂泊的日子

从一条狗，活成一个人样

可阿甘睡去醒来，依然是

一条活生生的狗呀

爆胎

这次爆胎是在甘肃

确切地说

是在从酒泉去往张掖的路上

确切地说

是在 G30 连霍高速公路上

确切地说

是在总寨收费站的附近

确切地说

前一晚，我们在一个餐馆讨论

是连夜赶路还是稍做休息

不知是不是嘉峪关的夜色

来得太晚，让人误会

之后的时间还很充裕

我们常常会有这样的误会

以为之后的时间还很充裕

就像不知道，今天和明天之间

隔了一次爆胎在路上

海浪，没有花

大海会苍老吗
或许，也是有皱纹的
白色的浪花，是他渐渐衰老的见证

与云霞比宽阔
却日日受桎梏，总有在渡口
决然，又陌生的心情
不停地卷土重来

汹涌澎湃地，朝着天空远行
将昨日事，归于潮起，又消散在潮落
爱上一湾波涛，而没有留住
大海，心已垂暮

任年月的尽头是失去
孤独的海，孤独里聚

今夜，我们去看一看月亮

亲爱的月亮小姐

站在山坡上

上王峪的村庄，清冷孤傲

河水肩披铠甲

闪耀着前世的光芒

风中的旌旗飞扬

巷子里，飘满人世的烟火

有些散落的错，似鬼

枯树枝如骨头，硌脚

谁在窗外呼唤她的名字

月亮啊，月亮

落雪

如何让你看清这俗世
从天而降的圣物

纷飞时，人间失语
尘埃的缝隙里，与生活交织
车轮碾轧出伤痕
唯有高高的枯枝
承载了它的归宿
善意的解脱
不忍心残骸毁于蝼蚁
不是因为寂静而活着
我要，创造我的人间烟火

明日隔天涯

一想到他就会哀叹
树的光影摇又晃
疲倦的时候，去哪
做未做完的梦

过客如繁星
天涯如明月
不如，趁今夜未眠
走进你的山河，你的目光
埋下一粒种子
安睡在他的身边

同风雨

纵娇艳明媚抛洒人间
拥有树的依靠
花儿以舒展的姿态
欣赏松散湿润的土壤

山河、清风和细雨，在晨雾里
摇摇晃晃，即便化作春泥
也只为和树相守
来世还做它的花，结它的果

那些好奇的蜂蝶，来来去去
总想打探未知的秘密
路过停留，不久后离开
或者，像风
在这里掀起万般波澜
又随云去了远方

唯有树，不爱这世间万物

藏下星的光

揽一片静

嫣笑以对枝头的春意

月光酿

垂柳入秋

融一壶清酒

眼里剥落宿命的蹉跎

闯不出肆意的夜色

千年孤寂与谁说

余情画尽

梦一场年华婆娑

半生流离中，哼一曲旧歌

西风吹落往事成灰

疏影弥留

留一池光阴碧波

清明回家

清明时节，应该回家看看
你也会消失
墓碑，听着墓碑的吟唱

走了很远的路
总有一段属于归途
游荡很久的灵魂
也要赶往乡间齐聚

被风吹干的花朵，思念着
那些蝴蝶
亡魂，此刻主宰着
下一个天亮

神灵鬼怪会集在墓碑前
向对方洒去淡淡光芒

飞鸟

时间，是永远都在飞行的鸟

年华盛放的气焰

斜阳渐远的纪念

索性，任凭风雨

遥远的路程

昨日的梦

以及，散场的笑声

把远方的远，归还彩云

听风起

听雨落

最后，只是与死亡擦肩而过

天平

河流蜿蜒，时常想起外婆的森林
以及某天早上羊群与植物一起奔跑，呼吸

火车越过跋涉的目光
走着，走着
路被无限放大
身体变成一阵风，柔软的地方像飞机
长出坚硬的翅膀

有时候看看天空，或者让天空也俯视脚下
高楼曾渴望冬天的雪花
后来，尘埃包裹了日子
也未曾相识身旁消散重生的屋宇

而我们始终是伤口
小心翼翼，从另一个地方
把自己包扎

南方

北方又下雨了
许多南方的气息
松软潮湿
随雁浅浅成诗行

那时不经意的少年
坐在江水边
望着黄昏的渡轮
晚风中扬起阵阵芳香

春花秋月互换
岁月，散了一场又一场
虚幻，让人迷离了双眼

湿滑的小巷
油纸伞下的呢喃
浸润了千年

几重山水几重路

此时归去

何处是天涯

细雨慵懒，自醉如烟

有梦

在南方

下雨

一场瓢泼大雨

在伞上交谈

用神的语言敲打

思念，在固定的时间

很多年的夏天了

七月的北京，看着远方

朋友站在坟前

而他在上帝的身边，有些

冰冷，却还藏着

夏天的体温

螺蛳粉

闻起来臭臭的味道

腐烂在记忆的土壤

吃起来美味

缠绕舌尖的滋味

是杀人的暗器

是郁郁寡欢的调剂品

是和你共享的嬉笑

等待打开盖子，放进锅里

挥发殆尽的夜光，走入

另一座城市

在余味中徘徊，不定

喜庆元宵

无数次翻阅旧照

将那鲜活跳跃的名字，收入心底

二月的风，吹亮通明的灯火

月亮也不是幻觉出现在你面前

人潮为今夜而来

是孩子们甜美的微笑

才使孔明灯飞向星星的家园

牵手一万个心愿

幸福之光溢满都市的眼睛

或者，在春天里遇见

彩虹与霓虹相邀的新绿

迎着雪花，我们奔驰在海边

吞没夕阳的，是信仰
白塔在风中肃穆地静止
经幡还舞动着时间与年轮
沉默的大山
藏在牦牛的犄角上
也藏在干净如云的水洼里
以为，海消失在苍茫中
一次次重现都是新的呐喊
雪花裂开，撞向挡风玻璃
这易碎的坚硬，让寒冷
与歌声对抗
路边的景，贴着脸颊回眸
这四月底的道路
延长，延长
怎能阻拦唤醒的远方

种花

一朵桃花，立在枝头
语言缓缓离去

一朵桃花，立在枝头
老去的吻落在春天里

一朵桃花，立在枝头
从另一个自我上摘下

花与花聚集起来
于泥土的根部，驻扎

一生种花的人
在赶往云的路上

不曾相遇

相比手中的鲜花，更喜欢
这些微小的绿
以生命，接待泥土的生命

屋内的光，如春天的空气
相似的睡眠，被轻轻唤醒
万物从田野中走来
这就是我在窗前画出的景色

触摸，聆听绿植
盈满时间的色彩，盈满
柔软的天气，指针，歌声
和清水的目光

这是昨夜来到的地方
是来了没离开的地方
沉思后说出一行诗句

覆盖所有的表面，隔断出未来

那里可以躺着眺望大海
辨认我，沉睡的花园

悬崖上的仙人掌

远方的海，安放着童话

红尘的浪花

时而扬起，时而落下

敲打厚厚的悬崖

微风也溜不进去

发烫的夏天，绿意

正蔓延

现实断裂的地方

长出许多硕大的仙人掌

在海边遥望

骄傲，掠过岁月的肩膀

一道月亮湾，在萧萧风雨中轻歌曼舞

地平线与仙人掌直达

等你，裹着无法阻挡的痴情

透出一种思念牵挂

等你，手捧最清新欲滴的露珠

从梦中朝我走来

家

山在云里

云不知在哪里

眼底的世界开始发芽

玻璃裹着谁的心

雨水在敲打

火车跑得太快

岁月不能挽留它

炸鸡

冬天时，我喜欢靠近温暖的事物

围巾

辣火锅

铜锅涮肉

你是我冬天，不可缺少的存在

听说下一场初雪

任何炸鸡都可以被原谅

抹上一层酱油

像生抽、老抽般讲究

记忆中的味道无法再找到

寻觅的途中

我们又一起吃过很多的炸鸡

从此原谅，那些饥饿的对抗

书签

把所有冬天

都糅进一个黑夜

醒来的时候

阳光在心窝里长眠

写了好几首随意的歌

迎着风只想和你去流浪

听告白在咖啡杯里融化

化成蝴蝶，飞进手指间

浩瀚银河下数星星

靠着海岸线，笑着眯起眼

跌跌撞撞，琼浆玉液

守得住长眠

又或者只是一碗牛肉面

不要挽留这片刻

愿做我们故事的书签

陌生人

挺拔苍翠的古树

曲折迂回的潭水

叩门而来的时间，皆为良辰

秋分时节

漫步钓鱼台

喂几只美丽又悠闲的天鹅

停留在，迟迟不肯诀别的一湾湖水旁

看着水面，流过的光

等良人带你，去流浪

有些花，落入窗

有些影，吹入梦

各有江湖的相遇

风尘仆仆的船桨

扶桑之南

你骑着电驴
身后载着遮阳的草帽

你骑着电驴
身后载着六月飘扬的裙摆

你骑着电驴
身后载着风中摇曳的扶桑花

洁白的手
紧紧捂着耳边的扶桑花

风轻轻地贴着耳
扶桑染尽更真情的颜色

上班路上

上班路上，经过北海

在这灰色的城市中央，睁开了眼

风、雨、雷电、冰雹

种种未知，击打水面

随后依旧风平浪静，迎接浑圆的太阳

苍天的明镜，怀着更多深情

闪耀灵动波光

一湖圣水，诉说千年的祈盼

最终成为一双剪水之瞳

光，吸引着光

寻梦去，沿着岸的脊梁

穿越，穿越

云霭的澄莹与向往

恰似感冒的友情

如何能更快乐

从天上摘来，白的云在湖面结冰

咳嗽，流鼻涕，打喷嚏，发烧

只为这个不痛不痒的冬天

容纳一个叛逆的孩子，是灵魂发神经

低头玩手机，地上有金子般

新鲜的消息麻痹昨天

非黑即白让人疑惑，似爱非爱

别告诉她们这是友情，相信

病毒的手下留情

没等喝完第三次药就沉迷

把那忍住的热泪，珍藏起来

用一纸潦草的自由，冲破

手心的茧，鼻子的疼

苍白无力的轮廓

拖着一身粗粝的红

吹着三万英尺的风

背上山川河流与裂谷的行囊

穿过薄雾笼罩的枯木丛，踩踏失落

把心脏带走吧，带走吧，地球说

看看你的疲惫，你的骄傲

做伴，蓄谋已久的满身伤痕

早点兼职

鲁院旁边有家餐馆

几个山东朋友约着，在那里聚一聚

经其中一位朋友推荐

我们都迫不及待地，带着

空荡荡的胃而来

席间，聊起北京

吃顿饭的路程不到一个小时，算是近的

他们说，更喜欢自己的小城

只要打通电话，马上就能见到

他们说，你肯定习惯这里了

沉默，就像

眼前被剁开的腔骨，白花花的

我看到门口贴着，招聘

"早点的小时工"

想来体验一下

朋友们觉得好笑，可是
我经常会在深夜抱着手机的时候，突然
想看看北京的清晨
看看这座城市的热气腾腾

后来，过马路的时候
朋友说，今天把店里最不好吃的菜都点了
或许，与难吃的菜相比
春天，被禁锢在
一个小小的胃里

共享单车

小时候，没有共享
一个教我识字的普通女人
教会我什么是分享
或许，共享与分享的区别
是需不需要花钱

想起十岁时，第一次学会骑车
从此，总担心
车子丢了
这一担心，就是许多年

我花尽心思，换了
各种各样的锁，就像
很多人努力
把微信朋友圈，装点得
得体，好看

现在，不用担心了
在这个城市，不需要锁
打开手机，我们能共享的
也只是
单车而已

清晨

走过许多地方，注定遇见

那里的清晨

咖啡浓烈，江水潺潺流淌

偶尔一碗面条或加作料的馄饨

更多，似一块白馒头松软

也有清粥小菜

等待前来暖胃的人

微风从对面的山上吹来，拂过

碎影，剪去夜月的停顿

降生清晨的流年，平添几根白发

酸甜苦辣都被沉淀，治愈这人间

某某

耳边传来他的歌声时
第一次到北京，高中暑假
闷热的夏，陌生
某大学，篮球场的青春年华
某培训机构，辅导课上
对面的女孩介绍歌曲，重量
是心事的分享

也听曹方，在 QQ 空间重复播放
现在，高中生听花粥、谢春花
陈雪凝、徐秉龙
等等，我不知道的
不知道 QQ 空间放的音乐
对面的那个女孩去了哪里，不知道

心事的重量，也不知道

夏天知道，现在
和北京的声音

麻辣小龙虾

想念湖北，是一种味道
在外面的游子
一盆油焖大虾，寻到
回家的感觉
对，不同于麻辣小龙虾

在簋街的林林总总
会有夜行书生和长困在井底的人
他们是长在办公桌前
普通的燥热青春和北京五星级饭店
衣着鲜艳的油腻，消遣

其实，都是虾
何必分个不同
最后都是千千万万，想念的滋味

想一个人的滋味

江面上升起了雾
朦胧中空白
渐渐散开，淡薄，停滞

想念一个人的方向相反
晚风微扬，外套披在肩上
阴晴圆缺，只是错觉

白日太阳的浓烈，注入
牛奶的香甜
朵朵山花相看远方

此刻，断了归途
万千般飘摇，漫步，洒落
一生存成的思念

草木之心

如果拥有一座庄园
我想，在此种下带着玫瑰花香的明月

田地里，散落细雨绵绵的心愿
养几只嬉水憩竹林的鸡鸭

清晨时见雾，老树伴古屋
每当坐在这里，等待
风的归来
分享，一场花开的往事

低头闻到，手中叶子的香味
不远处的鱼儿，正在
穿越水的柔软

（二）

鹅黄，玉白，水粉，幽蓝
一朵挨着一朵
献给，翩然离去的蝴蝶

走得最仓促的
不只是，浇水、锄草开始疯长的日子
不只是，昨夜星辰的芬芳
也不只是，一杯贫瘠的梦，怀抱
所有的孤勇

飞鸥盘旋，如大雪
花瓣纷纷扬扬地坠落
浩荡离愁，我只能给予
我的祈盼

远行的人，泊在心中的湖上
沉烟挂相思，暮雨伴朝露，暖了
一池温婉的柔情

（三）

我是一棵草木
从山水的襁褓里分娩
在这里生长，也在这里枯萎，直到老去

我还在这里等待，坚守
属于自己的一片风景
属于白云缥缈，山谷不移的庄园
属于我
和我爱的丛林

水击岩石
流过多少不安和心碎
大地的吻，醉了岁月的眉头

从明媚春光前的远古小径
迎接一种声音，回荡
"你的真，大部分都藏着"
藏在，我的心中
年复一年

辑二　芬芳

西溪花园

绿的远方，是绿

绿的近处，是静

缓慢地牵引，走向真实

追着七月的影子

飘飘荡荡去江湖寻你——

野鸭游过，毛毛虫

掉在船坞，蜻蜓掠过水面

它们在忙着自己的日子

清醒得荒唐

手中的蒲扇，摇出蝉鸣蛙叫

饮上一杯叫往事孤岛的浓茶

悄无声息，已经泡开了一半的青春

归途老死前的别离

阳光，让时间眯上了眼睛

西湖边，我们唱着光阴的歌

饮下一杯酒，就离你
更近一步
而这酒杯，却不在手中

在这一片池上
醉了荷花，月色，寻找
青山的春秋
醉了断桥，苏堤，靠近
彼岸的小舟
醉了天边的云霞和近处的眼眸

我们唱着光阴的歌，消失在暮色里
浅吟低声细语，以为
一个梦，做过了就总会记住
却忘记湖水清澈
饮不尽多少人间悲欢离合

与尘世隔绝的，又一个世界

沉醉了灵魂的向往，停止

摇晃我的哀愁

进宋庄

无意闯进一座独特的花园

是毛笔书写的

是书本堆砌的

绾一枚素心，深情

耕耘，也像是某幅画里相遇过

在这里等，等很久

秋风扫一下水面，内心

就随之颤动，无数的

颤动，化成

烘烤胃的火，跳动的

火焰，打开血液沸腾的骨骼

与大地比着孤独，哼唱

一首，飘向远方炊烟的歌

柳州河西路 9 号

这里有苍郁挺拔的树木

或许，存活了很多年

大到已经，没有人可以拥抱

它会感到一丝孤独

在夏天的时候

树上结了许多颗杨梅

一些落在地上的水洼

水洼里倒映着，孤独

很多年的大树

来这里，每次都可以见到它

它不能行走

却在迎接，一个又一个归途

龙潭湖公园

在柳州有个公园叫龙潭湖

去过两次，和一群朋友

和另外一群朋友

相隔三年

却发生了很多不同的事

比如，北京有个公园叫龙潭

湖水荡悠悠

时针和分针只是一字之差

却相隔了影子和异地的交叉

山上记载着洪水的最高水位线

历史的流动，比花开更真实

在聆听里，寻到背影渐浓

下次，你已经不会出现在这里

唯有记忆，留在

生锈的座椅上

路过橡皮山，路过雪

一只落单的鸟，停在雪地
当有天老去
雪落满山头
或许，你会飞来寻我

门源

到门源的时候，是五月五日
祁连山脉裹着一片
又一片的大雪
也夹杂着凉凉的雨丝，等待

看着牦牛挤在一起
肢体骨骼牵引着雪山
这抹夜色，守护着苍白的亮点
暖春在高冷间蹒跚，负重

大冬树山垭口
岗什卡雪峰
这些不熟悉的名字，路过笔记
而笔记里记下的万亩花田
相隔一千座山

田字方格躺在大地上

没有一片花瓣，如想象中的样子
我很平静，就像靠近她时
慌张，疑虑与忐忑
不知如何凝视，美的怒放

也许，所有的美
都融入一片不愿醒来的土壤
纵使离去，再也不用担心
她凋落或枯萎

敦煌的星

这里的星星，和你
所见过的不一样
每一粒沙子，都是一颗糖

坐在最高处看日落，人群晃了晃
独自闯入，把脚探进沙子的被褥
闪过的身影，咬掉一口夕阳
篝火燃起，吞没无数飞花
捕捉，藏匿银河的目光

有一个地方叫话梅山

你是否来过

一个叫话梅山的地方

没有童话，忘了神的存在

有别于拥挤的山

在雪的白与白之间

露出本真的节点

伸手抚摸就碰到了一颗话梅

雪也有了青春的滋味

以离别的心境再会

总是有些惆怅

有一个地方叫话梅山

谁曾经来过

鼓浪屿·梦

这里是行走的天堂
用脚步丈量记忆的深处
深处总有如痴如醉的惊喜
被海水轻轻拥抱在怀

海风吹响遥远的歌谣
时光的掌纹之间闪过一只老猫
做一段不愿轻言的梦

留步驻足的古树排满街头巷尾
朵朵姹紫嫣红的蔷薇挤出墙头
一岁又一岁的归去来兮

守候在这里的
是那一段不愿轻言的梦

长城

远方有两个人在爬长城

一个父亲

一个孩子

父亲不时地回望这个陡坡，安静等待

伴随"巨蟒"在漠野起伏

每爬上一阶

天边的夕阳就矮了一点

穿越纠缠的发丝

野花般涌现的山风的柔情

携着祥云抚着

烽火台的盖世胸怀

徘徊在那悠久古朴的隘口

沉寂着自豪，温暖

深秋沈阳行

——记"送文化到劳模中间去"活动

寒露朱窗

中长至夜

苍鹰八九毛

三千里外远行人

不知多少霜来

吹散未醒梦境

相逢相识醉秋风

小桥跨秋水

落叶染芳华

几丛倩影倾光明

清秋淡

金丝吟

长云流万古

唯见笔墨唤匠心

峪园

一条金鱼的记忆是三秒
一片河流的记忆是多久

一艘船停靠在岸边
一个人停靠在哪里

茶水总是明亮亮的，性情
比风还要自由
自由总是相对的

拈起一颗心
就把它放在喜欢的地方
让喜欢留在缝隙

对面的王府井

北京有个王府井

它时常陪伴我

有时从单位的窗口眺望

只能看到街上，那座从不停止的大摆钟

告诉我，它还活着，还在喘息

活得挺好

这是一条古老的街

却有许多高楼大厦

一座又一座百货商场，女孩子们

从街头走到街尾

扫地的大叔，也从街头走到街尾

有时候大叔就坐着

看女孩子们，从街头走到街尾

我也从街头走到街尾

不想看大叔，也不想看女孩，更不想看百货商场

只想看看王府井这个老朋友

它说你来吧来吧

这里是北京，热情

招待了一拨又一拨游人

这些游人说，这里真好，真大

真好，真大，王府井很高兴每天有人夸奖它

等过年回家的时候

所有游人都拥挤着离开

扫地的大叔对着王府井，一个人发呆

很久很久

这条街很安静，只有那座大摆钟

告诉它，它还活着

还在喘息

此刻北京的热情

比大叔的扫帚

更冷清

西塘之西

薄烟笼罩小镇

简朴的白墙黑瓦，立在河畔

石桥沉默许多年

时光旅店的窗前

红烛摇曳，丝绸般

柔和，空留一盏灯

影影绰绰映在水中

带有忧伤的乌篷船，缓缓

驶过，泛起涟漪

搅碎，水中的倒影

千米廊街

那头是前世，这头是今生

灵魂安放，在石皮弄的青苔缝隙

千年的风风雨雨，只为守护这一程

雨中塔尔寺

一棵树，长在寺里

雨中，时光走不动

有人住下，两袖空空

献给大地的一床被褥，还有

连续磕上万个响头

我们都奇怪地看着对方

又相互致意，仿佛

点头而过的瞬间

一片树叶就落下来

上面有无数张，不同的佛像

落樱

三月的最后七天
风止息在异常宽大的河床
在冬的渡口挪开步子
繁荫下流水清清浸染绿意
以樱花的招摇
濯洗尘世的苦难
容不得半点虚情假意
斑驳的花裳扶起我的影子
给它重生的力量

绵软的粉，缥缈的白
云朵与云朵一样的邂逅
飘往落日的地方
滑落，滑落
目送归去的征程
注定是颗颗耀眼又短暂的流星

随岁月，摇晃的铃

封存在众人的祈祷中

而春天，已在梦醒的路上

气息

偶尔，搬来他常坐的椅子
楼群有几种颜色
点灯的窗户有多少个
甩掉疲倦，等待聆听啪嗒的脚步声

有时，在他的桌前停顿
时光裂缝的橡皮，已将鼠标和垫子摩擦
台灯的按钮关掉了月光
手指轻触键盘，淡化风雨来去的余味

那些旧衣服的纤维，从看不见的缝隙
种出疯长的失眠与呢喃
折射的云霞，卧在木地板上
接纳一生的宿命

路啊，凝聚了身影
最后三分钟留给黑夜

我们如此相像

比弥漫的花香更浓

比冬日的枯枝纯粹

窗外

坐在高楼临街的窗口
时间的流苏在旋涡里荡漾
地平线缓缓亮起
唯有光在深渊里生长

楼群间，穿黄马甲的人走出来
接着三三两两是黑衣、红衣、蓝衣
一辆自行车绕过
慢速的汽车消失在拐角

凝望着离家远去的人群
几十年的肉身与天空重新促膝而坐
脱离土地的桎梏
此刻，不再沉重、蹒跚

无限的鸟群
轰然盛开

写下这些字句的时候，我也忘了

所谓漫长的一生

正在剥离与泥土的血骨

辑三 朵朵

喝水的杨梅

杨梅躺在盆子里

咕噜噜地喘息

睡着，每个红彤彤的身体

把水染成残阳

安静也泡在气味里

七月的笑，从山野到集市

待暮色漫下来，我就带你回家

秋童

秋天，太顽皮

想在红色的枕头上，靠一会儿

秋天不停在窗外呼喊

想躲进被子里，看不到它

它却钻进我的后背，爬过我的脊梁

翻过肚皮，在我的身体内部徘徊

我捂着肚子

和秋天玩起捉迷藏

它又忙着钻进衣柜，钻进鞋子

在长发里摇摇晃晃

我一跺脚，抓一把秋天

好看的颜色，浸染在夕阳下

秋天玩累了

躲进果实里

大地上的梦境，散发出阵阵芳香

冬天，请留下一朵雪花

这辛苦的一年，溜到尾巴
四季，约着聚一聚

来了，来了
冬的到来
总算，盼来最后一位朋友
还带着礼物——雪花

雪花，终于出场
它安静，无声，神秘的
魔法，覆盖了
四季过往的泪水和心碎
真好，世界的留白
又可以从一朵雪花，开始

雪花，是凉的
四季想送它一条编织的围巾

有春的花，夏的星，秋的叶

好好保暖

相伴到来年的冬日，重聚

也不是非要圆满

把这一生的爱意镌刻

融化在心底

每当，大地感到孤独的时候

它说，还会再来看一看人间

有水的地方，就有幸福

有水的地方，就有自由的鱼儿
孩子们拿着鱼食
喂饱了一颗跳动的星球，挂在
摇摇晃晃的天际，满身阳光

有水的地方，就有自然的杰作
出海的渔船，卸下满身的海味
载回黄昏和海浪
沉甸甸的温暖贴在心窝

有水的地方，不需要方向
去往星辰和月光，掌舵的船长
也可以把等待，放在远方的路上

美景，美食，美梦

俗气而笃实

无论是爱，还是不舍的唤醒

每一个鲜活的昼夜

童话

（一）贴着面膜吃着糖

贴着面膜的宝宝
像个怪物

今天怪物吃了一颗糖
还很开心

（二）滑滑梯

盯着这张小小的脸
——你的眼睛像葡萄
嘴巴像樱桃
鼻子呢

——鼻子像滑滑梯
运送这些甜甜的水果

（三）旋转木马

妈妈，我给它起个名字
叫闪亮的脚趾
它五颜六色，闪闪发光

还有许多马脚
被魔力吸引，在原地等待童话

星夜

今晚和明晚

都是黑夜、哭泣和

一张捏皱的脸

与童话里的灰姑娘交叠

天上的星星，走丢几颗

她的梦里有夜

夜色，又在梦中消失

过年的烟花

很久没有放烟花
以至于，幼小的孩子问我
"过年，有圣诞老人吗？"
"没有。"
"有烟花，你看不到了。"

曾经放过烟花，比
一直没见过圣诞老人
更难过吧

阴天

是发呆踱步的飞鸟

是丢掉双桨的小舟

是下雨不打伞的草丛

是不许愿就吹灭的蜡烛

是一株讨厌阳光的向日葵

是被拒绝的虚伪

想把瓜子壳剥开

想把花生皮去掉

雨不停地下，不停地下

记忆缓慢褪去

疤痕是不是会自动消失

打湿了青衣的少年

阴天的原味

秋风一吹突然想起谁

长发

要留长长的头发
是一个小女孩的梦想

儿时，母亲带她去理发店
一剪头发，她哭了
母亲笑了

现在，她喜欢给女儿梳头发
拿起梳子
摸着青丝
心里藏起春天的曼妙

年老的女人
开始频繁剪发
剪掉白色的鬓角
抹擦老去的容颜

她说，只想好好活着
母亲谁也不认识
唯有我多活一天
才能多照顾她一天

远处孩子的笑，和身边
母亲的笑一样
风未扬起
那双乌黑的眼睛
有泪
打落在花瓣

爱如泡沫

人鱼的眼泪

那片海可曾记得

左耳是欢笑

右耳是落寞

叶为情落

风吹皱了谁的思念

鸟声融进薄暮的炊烟

让心飞回去

红舞鞋裹着火热的疼痛

在燃烧的梦里哭泣

始终以小丑的姿态

用自己的灼热去点燃每一秒

黎明后随浪花凋谢

找月亮

夜晚十点十六分

在紫竹桥上看到一轮超级月亮

很偏，拿出手机

一瞬间便拍不到了

向东上积水潭桥

被高楼挡住

月亮闪过，蜷缩起来

在回家路的拐弯处

先生选择了前行

他说，我们去找月亮

两个孩子，一样的好奇

期待超级月亮的再次出现

直到德胜门路口，月亮

在调皮地笑

从羊房胡同又来到什刹海

远处的月亮没有刚才那么大

寻到后却很开心

它的位置很低，能低到水平线

低到屋檐下

低到先生的眼睛里，水波荡漾

在树缝里面和它捉迷藏

灯光和手里的北冰洋，在这条夜路上

也成为月亮的颜色

在地球上种颗星星

又梦见了你
忙里忙外做一桌饭菜
还是熟悉的背影
而我不再是
那个背着书包刚放学的小孩

手机里热闹的朋友圈
常常忘记电话那边的等待
遥相守望的身影
总是在无声静默间

小时候你常常陪我睡觉聊天
一首《小星星》可以唱无数遍
现在的我
站在城市的另一边
想种颗星星

在等外卖的时刻
在失落的瞬间
在赶不上末班车的时候
悄悄许个愿

老了容颜，厚了思念
岁月爬上了额头
热泪留在眼眶的怀抱
牵起有力的手
直到永远

你也会长大

旧梦编织的毛毯

掩盖在曾经崭新的沙发上

庭院里的牵牛花开了

时光开始倒流

在你哭着的路口

手里握着融化了的雪糕

在你爬过的大树下

池塘里有长不大的蝌蚪

也曾光着脚

在田地间奔跑

也曾放开心

在草丛中嬉笑

也曾因为玩耍

忘记回家

也曾在山顶坐下
看美丽的晚霞

鹅毛般的大雪
覆盖了深深浅浅的脚印
蹒跚走过上学的路

路的远方
张开温暖的掌心
你的声音
叫着爸爸妈妈

而你的身旁
一双黑眸是闪烁的两颗星
点亮成长的夜空
长长的睫毛是美梦的翅膀
装点岁月的枝丫

眉毛发了芽
牙齿开出花
小小的双手正扑向
那曾经崭新的沙发

记住昨天的你

哪怕重重地摔一跤

也会抬起头笑一笑

有一天

你也会长大

风

风有形状

也许有月亮的圆缺

也许有树叶的边角

还有可能

是女孩头上的羊角辫

尖尖的，贴在

脸上，有些带刺的玫瑰

说风没有形状，因为它透明

它把整个身体，整片心都

放空，放空给大地

每片原野，每寸土壤，每个

变幻不同的天气

它走过的路，毫无修饰

十二生肖，没有猫

猫知道吗？自己

不在十二生肖里

抓了一辈子的老鼠，却不在其中

猫会生气吗？

自己的辛苦不被认可

不，猫还是一样的开心

因为今天去散步

因为遇见了鱼

取代一盏台灯，一支毛笔

蹿进我黑暗中的身体

盘踞在梦境的边缘，沉默不语

辑四　种子

为每个远行的人留一盏灯

——纪念五四运动一百周年

还有什么力量

比得过吮吸水分的种子

比得过雏鹰展翅的威力

比得过梦想萌发的勇气

如果命中注定了脉络

那必然要挥洒汗水

万般的初始

孕育于时光的飞逝

岁月的手

剥蚀了青春的土墙

白玉兰掩隐的路上

无数年轻的身影走过

潮湿了萌芽的眼睛

青春，不是肆无忌惮的顽皮

或许，只是一双永不能忘的眼眸

只是抚平无知的叛逆

只是不断奔跑的思想

那狂野的潮水

激荡出一簇簇浪花

永不言弃地游刃于生活

秋日的原野

结出摇曳的果儿

擦去灰尘还原纯真的笑意

呐喊，是中华民族灵魂的震颤

五月的阳光，播撒着年少的希望

破土的幼苗，云中的飞鸟

和着现代精神的节拍共鸣，热血抛洒荒原

穿越风雨的洗礼，如火的考验

沿着一条历史的长廊

谱写新时代的篇章

举起杯，斟满青春的琼浆

在心底为远行的人点亮光芒

在梁家河这片土地

走过修缮的路，头顶着艳阳天

经过一头睁眼睡觉的驴，离不开石磨的相伴

房舍、窑洞把自己最好的样子敞开来，聊聊

时空的召唤

一排排马扎与每双耳朵

回转了不同的老故事

岁月的河流漫过小山村，漫过

绿树白花的土地

千里之外的别离，送来叹息

不知落在哪里

笔犁泥土的肌髓

微光里挥洒墨水的多年，都

以一种炽热与奔放

随着今夜的风燃烧

镰刀收割的梦，将重新耕种

挨着生命的根
黄昏走过血脉和田埂

炊烟对天空诉说，时光
一如门前的老榆树
是土地上的一抹影子
结出的果实，已被大地收藏

记不清那些微小的部分
似乎连爱恨也一并忘了
站在时间的背后
脉脉地把人生凝望
未来就像飘忽不定的天空
而来自各个方向的陌生人，开始
那漫长追逐云彩的远行

枣园的老槐树

谁种下的老槐树？不知
百年间多少人来过？不知
为什么有上百岁？不知

蚂蚁群前呼后拥，钻进对面
那座老房子，空荡荡，沉寂
老槐树的生命盎然在枝叶间
它还在，用守望，为不知觉的
蚂蚁们遮风挡雨

而我找了好几个角度，已经
超出一张照片记载的内容
超出照片内容的，曾有
一位智者常立于这棵树下
并和朋友一起，种下门前的紫丁香

只知道，那是1945年的秋天，重庆归来

从此，这棵老槐树与紫丁香

苍劲健秀地生长

于是，2019 年的这一天

我们邂逅

以恒久不变的秀色

带来人间别样的芳香

宝塔山的路途

来之前，我见过它

许多照片里，黑白灰

有不同的面容，在镰刀切割的皱纹里

泛黄，凹陷

依稀，留下朝气蓬勃的衣衫

我不敢靠近它，更不敢

踩踏这片土地

踩踏滚烫的，燃烧过，近三万人的心脏

每一滴泪水扎根土壤，牵扯着延河的孤勇

风景一定热闹，捧起

这里的土壤

可以嗅到宝塔山顶阳光的味道

掺杂着一块砖，一片瓦，一座桥的路途

夜幕下，也可以指引星辰

长成自己喜欢的样子，生活的模样

如宝塔山的今天，离春天

最近的方向

乘着时光的风

——纪念新中国成立七十周年

（一）

我看到，你们迎着初升的太阳上岗
顶着寒风从晨光中走来
我看到，你们总是拖着疲惫的身躯
戴着月亮，披着星辰走来

我看到，你们关切百姓的柴米油盐，从千家万户走来
我看到，你们调查案件的一丝不苟，从案发现场走来

我看到，你们从天山脚下，从黄淮岸边
从大漠草原，从南国新城
从绵长的牵挂和永恒的追求中走来

黄河源头走来的智者
洞穿时空点燃的激情
祖国的山山水水之间
哪一处不留有赤子的丹心，

豪杰的血汗，英雄的足迹，志士的理想

金色十月，是你的名字
时代的步伐是你的节奏
始终如一的信念，凝聚成鲜红的旗帜
驮载着祖国走过波折，走向成熟，走向辉煌

（二）

漫步于历史的时空隧道
穿梭在岁月的长河之中
早已逝去的刀光剑影，烽火硝烟
唯一抹不去的是铮铮铁骨的爱国情怀

有解放的愉快，开拓的艰辛
有两弹一星的自豪，港澳回归的快慰
有三峡工程的壮观，神舟飞船升天的壮举
有开发西部的气概，有脱贫攻坚的豪情

一些惊天动地的事物
从岩石的裂缝中走出来
在祖国面前，感觉
我的柔弱已然变得刚强

把刚毅带入了时光与岁月的轮回里

让心灵漫过沉寂，高高飞扬

历史的山峰上，藏蓝色的警服凝视清风

吹绿了山，吹清了水

吹暖了南疆北国

吹醒了人们沉睡的心田

吹开了凋谢已久的花朵

勇猛搏击，创造新的生活

（三）

从风雨中走来

我们从不向命运妥协

灵魂在一朵云里

看到经久不息的激情

没有鲜花，没有掌声

在那奋进的歌声中

我的梦，还在金盾中驰骋

在风中扬起，一首歌

那是一首雄浑和深情的歌

就这样打开了钢枪的情结

时常在这片热土上行走

看着松柏肃立成凝重的诗行

在枯燥和寂寞的相伴中

激情的九月和热烈的十月没有界线

端起一杯殷红的液体

迎接溶溶的月光和灿灿的太阳

学会以一条河流的姿势，眼含泪水和欢笑

完成庄严而神圣的使命

翠绿了心中，每一个故事的生长

永不消逝的钟声

这已是第七个年头

没有回家守岁

挂了老父亲沉默的电话

你强忍眼中的泪

腊月的北方，夜里寒风刺骨

坚守如北京站的钟声，分秒不差

说不清送走了多少春夏秋冬

你在明亮的窗下

偷偷地哭，悄悄地笑

慢慢把自己遗忘给思念的月光

在人流如潮的广场上

聆听千家的喜怒哀乐

在洒汗的站台

记下万户的悲欢离合

披着征尘，你从未退却

一种声音，滴滴答答地

从极高处奔泻而下

于是胸中汹涌澎湃，激起涟漪

一浪高过一浪的呼吸

将人间洗刷

嫩芽已悄然拱出冻土

听，远去的钟声

又回到了故乡的篱笆

百炼成钢

翻开日历，就来到了 1948 年的 8 月

口号轰轰烈烈的那个夏天

万众期待中，你来了

唤醒拂晓的沉默，你来了

被滚滚热浪裹挟，举起铁锹

在火花四溅中掀开一条大路

日与月的光辉淬炼

构筑新中国的钢筋铁骨

时间矮下去，历史燃烧的火焰

还没有苍老

一轮未圆的梦，明亮地

从绝地之上缓缓升起

沸腾的血，翻越不同时空的里程碑

清醒而激昂地踏着鼓点与旋律

疯狂进攻也不重要

一天也不耽误

一天也不懈怠

连绵起伏的山脊，从未趴下

空谷足音，踏沧海之阔

红旗猎猎，江河歌唱

终将是对时代之问，最好的回响

渺小与伟大

与规模庞大的钢铁相比

人的躯体那么小

泥土碎石哗啦哗啦，灌满衣领

阳光照亮通透的灵魂

突然意识到，自己身披蓝天

头戴白云

刺穿一个个日光和黑斑

鞭子抽打一样的狂风

驱赶狮子一样的雷鸣

无人能一一说出建设者的名字

向死的生命，难免寂寞

汗痕与泪水朝圣的脚印

唯有钢铁记下，来和去

喧嚣与安宁交替

洒下一杯月光，不朽的丰碑矗立

像星星，一颗颗

在暗夜中苏醒

车轮

我必须写一写车轮，碾轧

岁月的巨轮，在人的血管和筋骨中

呼啸而过。抚摸土地留下的踏痕

在人与人的呼唤中，我们相遇

有：

给了那黑色金属，全部柔情的马万水

柔情似水，披着雨衣湿透，穿着棉衣出汗。游动

在时代的纵深里，扛着红旗开拓

这一站，从大凉山轧过

轮子在丈量，焊接世界的青年

透过无数个破洞，承载着宁显海的荣耀

熔化的铁水，凝固

掌声，如潮般拍打

没有岸，没有回望

车轮载着无数告别前行

八月大暑

一切就像 2018 年的号角

无法挡住，比车轮更巨大的钉子

遥祝

——真切悼念徐国志老师

他们都在怀念

可我仍不相信

不相信

你从此杳无音讯

也不相信

去塞罕坝的路开始沉重

在歌舞升平的城市

忍不住回头看你的城池

怎愿脱下大地的裂裳

奔向黎明前的那片星空

初识还未知

你留给格格的书信

读懂了深情厚谊

却来不及，化作一抔春泥

生命的重建

无法写出抒情的诗

转身撞到现实

你背向人群

穿越广阔草原

已走到海角天边

终于，可以和心爱的女儿团聚

她一定会

好好照顾你

生命之光

——记首都特警铁鹰突击队

逆向而行

选择用生命保护生命

负重前进

秒速让人民脱离困境

有枪，为了枪林弹雨中

带有思维的子弹，准确着靶

有光，为了攻坚克难时

一路呼啸的劲风，席卷狂沙

为了决不允许走错一小步

为了春秋冬夏要走很长的路

为了受的委屈，忍的痛苦，扛的误解，耐的孤独

为了不给解释对错的行动任务

为了站起来当伞

为了俯下身做牛

为了漫漫长夜，期盼最后一段归途

不是人多力量大，是精兵力量大

只有一条路不能选择——那就是放弃

只有一条路不能拒绝——那就是坚守

可死不可失败，光明一直都在

梦想的美好时代

血脉里浸透着鲜红的色彩

心里默念着永恒的力量

你们，有一个光荣的称谓——公安战士

你们，有一个响亮的名字——人民警察

高山峻岭

有你无怨无悔的驻守

烈日狂风

每一条线路都记住了你警惕的眼睛

街头巷尾

有你日复一日的巡逻

寒来暑往

每一个站台都记住了你庄重的脚步

雪雨冰霜，你们义无反顾

三尺岗台，守护南来北往

指挥灯下，迎送晨曦霞光

在广场，在列车，在窗口

在岗亭上，在抓捕中

在执法第一线

到处都是你们英姿飒爽而不停忙碌的身影

你们用热血和忠诚

编织了千家万户的幸福和美满，欢乐和温馨

用自己的赤子情怀

守卫着这一方土地的繁荣昌盛，百业俱兴

历经风霜雪雨

走过春夏秋冬

热血书写英雄的故事

你们响亮的名字就是铁警的骄傲

身边这些平凡的英雄激励着我们不断前进

面对罪恶，你是坚固的长城

面对危难，你是温暖的胸怀

你们，是光荣的人民警察

是忙里忙外的胡学斌

是恪尽职守的郭叔平

是勇敢的杨金顺

是大山深处的王虎义

骨头里刻满了钢的坚硬

生命中充满着山的挺拔

当别人晚饭后全家围坐在电视机前

当别人携妻带子漫步在湖岸花园时

每逢佳节千家万户欢聚时

每当夜半听到窗外风雪喊

而你匆匆步履中尽是担当

蓬乱的乌发和含垢的脸

沾满灰尘的衣衫和熬得红肿的双眼

天暖时你讲陪妻子过五一

天冷时你讲陪孩子庆元旦

节日的饭菜热了一遍又一遍

在期待中家人总是等到很晚很晚

一名铁路警察很想有个假

因为那时就可以回家

家里有牵肠挂肚的孩子

还有满头白发的爸妈

一名铁路警察在每个节日和大年三十的晚上

都会拿起电话拨打那个熟悉的号码

眼睛里悄悄闪烁着泪花

一名铁路警察每日每夜在岗位上

熟悉的问候"你吃饭了吗"

撑起瘪下去的肚皮笑一笑

干完这点活就能回家

一名铁路警察会经常告诉家人们

不要想他,不要牵挂他

国家需要我们

我们虽没了团圆

却把团圆给了大家

一名铁路警察的自豪来自工作

请默默地支持吧

虽然有时候真的很苦

但需要的只是"加油"这句话

开展"猎鹰战役"创建"平安站车"

你们用人间大爱

抚慰了一颗颗紧张的心灵

开辟"绿色通道"实施"铁鹰行动"

你们用切身的行动

实践了"立警为公 执法为民"

风雨中你们豪情万丈

用执着和坚守书写忠诚

夜幕下你们激情满怀

用无悔的付出续写淡定从容

向你们致敬

我们的好民警

因为你们

肩负着祖国的繁荣昌盛

和千家万户的幸福安宁

向你们致敬

我们的好民警

因为你们

忠实地履行了一个人民警察的光荣职责

向你们致敬

我们的好民警

因为你们

无私地奉献了自己的青春和热血

情，在天地间播撒

根，在群众中深扎

这股力量必将在万里铁道线上生根发芽

为理想，为信念

为了铁路公安工作那灿烂美好的明天

从未远去的记忆

连绵阴雨，迎春花开，映衬昔容

没有铭刻于碑文

没有记录于报章

没有定格于影像

而我，听过你的故事

低首哀悼，思念浓浓，泪如泉涌

仰望星空，敬意满满，心生向往

手执你不愿松开的利剑

坚守在你恋恋不舍的道路上

谁不懂生命宝贵

谁不知危险无情

你说，这一刻，早已准备好

穿上警服，就意味着一种不回头的使命

在偶遇的事故救援现场，勇往直前

在穷凶极恶的犯罪分子面前毫不畏惧

一起起案件的成功侦破

一个个违法犯罪分子被绳之以法

一个个无助的人绝处逢生

"人民警察"这四个字

血液里流淌着忠诚、大爱

以及随时可以舍生取义、赴汤蹈火的无畏和勇敢

英雄从未远去

透过平静祥和的生活

始终枕戈待旦，冲锋在前

和时间赛跑，与死神较量

守望着共和国的旗帜

守望着奉献

祖国不会忘记，选择忠诚于祖国的人

情寄复兴

黑夜缩短了告别
汽笛奏响了光影
如风的脚步
看银龙飞舞，碧海苍穹

细雨微露，那斜阳又近
春秋的荣枯，飘浮过山峰
随岁月奔跑
在田野间追风

星光开始黯然，唤醒乡村
拉近城市的灯火璀璨
遮风挡雨，你如期而至
长空万里，你来去自如

从一片大地奔赴另一个天际

从一个天际抵达另一个时代
从一个时代起航另一段梦想
该是另一种拥有
不断向前，起风的远方
岁月的风雨写满沧桑

背着喜怒哀乐的行囊
奔驰，在永远走不完的轨迹
浸透，铁路人的汗水和心血
朝着岁月，只有一个方向
回首青春的站台
汽笛扬起复兴号响

加速，超越
大国速度，带着如梦的痴狂
以惊世骇俗的身影
唤醒骨子里深埋的血性
碾过滚滚红尘的狂吼

于是，捧起哽咽的珍重
把惊喜藏在路上

把山河留在身旁

铿锵之声奏华章

鲜红的旗帜永飘扬

致敬

所有的路途，比皱纹更漫长
所有的回忆，比群山更忧伤
染白乌发的岁月凝视大地
暴雨和风雪打湿了沧桑

你轻轻抖落身上的浮尘
狂风，就自然而然地沾满了衣角
这里面包裹着你的理想
你的热泪
你生命中跌宕的浪花

这天，你光荣退休
从人民警察的岗位上退休
摘下用血汗擦亮的警徽和勋章退休
放下肩上所有担子
再次向国旗敬一个礼

用目光抚摸这片热土

你明白，有时候

可能连名字也没有留下

体内的星火蓦然拔出利剑

刺穿日日夜夜

只为充满生机和希望的山川河流

假如，我老了

也穿着不愿脱下的警服

如同生根的树

揉一把薄雾，酿一杯阳光

时间也有重量

我们必须仰望

第一粒扣子

小时候，母亲帮我系扣子
她说，天凉，要多穿点
扣子扣住了母亲的手温
出去闯荡都带着暖意

长大后，我系上制服的
第一粒扣子
胸口紧贴的那一粒
把热乎乎的心捂在里面
从未凉去
我愿做那粒扣子，保护你
与你须臾不分离

后来啊，我解不下这粒扣子
在这饱含热泪的土地上
我愿与你一起成长

不需要告诉任何人

那一粒扣子告诉我

我与我的祖国在一起

一粒黄色的小花

迎接着风雨

"冬天快要来了"

母亲温暖的手

为我披上红色的旗

那天

——记查缉能手

那天，你义无反顾地推迟了婚期

因为十九大安保的战场需要你

不舍中放下美丽的婚纱

换上这身警服

无数个日出和日落中

敏锐的目光搜索着追逃数据

那天，凄冷的黑夜狂风骤起

因为周旋在无数起棘手案件中

路灯下，一身警服的他来接你

直到你满脸疲惫地抓住最后一条线索

无须太多的表白

只是默默陪伴，把手牵起

那天，看着办公桌旁凉掉的饭茶

记起母亲做的排骨，突然想哭

不能累了痛了之后尽情地倾诉

已经忙碌一天，熬红双眼
还是没有解决难题
你是恋人近在咫尺的思念
你是母亲远在天涯的牵挂
你是孩子那声呼唤了许久
还没有得到的回答

你是柔情与力量的重影
用自己的坚强
在挑战岁月时从不言累
在接受洗礼中永不叫苦
激情始终在心中酝酿
子弹般冲向目标场

也许是光，可记得
温暖几多人的心房
哪怕是雨，也不会忘记
滋润一片土壤

锁

——记民警"锁王"

一把锁，锁住他的心

金盾的光芒

淬砺出铮铮"锁王"

日月星辰，相处在一起

每根神经被撕扯着

诡异的板架

被一点点剥离

等待着

胜利的轻唤

那刺穿一切阻碍的目光

透过曲折的锁眼

探寻出凯旋的坦途

有过生，有过死

唯独没有一把拨开迷雾的钥匙

一生很短，少有圆满

就再冒一次险！

一匹马的灵魂

——记"铁路骑警"

夜晚，没有太多的星星

借着微弱的灯光

骏马从远处而来

驻留在这座高原之上

英姿飒爽的是警服身影

布满皱纹的是黝黑脸庞

农忙时，俯身倾耳

急需时，匆匆驰骋

一个人做一件事容易

一辈子做同一件事

很难很难

但是，他一直在坚持

不息的蹄声

载着伏在马背上的梦境

在这座大山里

留下深深浅浅的足印

那扎根厚土的马

那空前沉默的马

他用深沉的信仰

坚守了一生的初心

守护风雨，守护行人

守护两鬓花白的记忆

清明之思

该如何描述你
那骄阳烈日风雨无阻中黝黑的脸

该如何描述你
那分辨忠奸惩恶扬善时深邃的眼

该如何描述你
那心系百姓彻夜不眠的牵挂

该如何描述你
那摸爬滚打壮志豪情的正气

一条道路走出了你的坎坷
一座石碑讲出了你的心酸
真挚的怀念，已漫成大雾
这些依然鲜活的灵魂
在天地间，如春风微拂，如细雨飘荡

如树间筛落下来的光线

雪里看你们，是威武的山峰

光里看你们，是耀眼的星辰

聆听那血染的碑文

我必须从你简陋的办案环境中写出耕耘的风景

我必须从你低俯的身躯里写出刚强的脊梁

日月当鼓，银河作弦

奏响整装待发的生命礼赞

所有洁白淡雅的花朵

都应堆簇在你的墓前

这是风华的延续

这是精神的凝聚

黄河泣，青山见

天苍茫，地无言

柳笛哀回，松柏肃立

捧几抔黄土，烧一堆火

点燃了春天

一颗心，和桃花同时盛开

又默默零落

一张张草纸，载满岁月的痕迹

每年的今日，都有思念

倒下的是躯体，不灭的是精神

随着布谷鸟响亮的叫声

生长在后人的心间

岁月的种子

（一）

我不呼唤你的名字

只是书写沸腾在血液里的长江黄河，滚滚春潮万里涌动

帕米尔高原的群星闪耀着

东海的碧波荡漾

我不感叹你的博大

只是热爱奔跑在北国的银装、南疆的春色里

竹楼前如水的月光，覆盖

大草原的羊群，戈壁滩的骆驼

海岸边的渔网

我不思念你的旧颜

只是革命燎原映红了工农武装

穿越在时空轨道上的中国制造，点亮

长河里的华夏文明

五千年的岁月，勾勒出顽强不屈的中华理想

镰刀收割了金色的希望
铁锤锻造出无数坚定的信仰

屹立在新时代的肩膀上
藏蓝色仰望着未来的方向

（二）

是谁站成一棵树，守卫着大地的平安
是谁融为一滴水，流汇成乡亲的希望

是谁，一次次缝合露骨的伤口
那五四式陈旧的弹壳
依然还在冰雪中沉吟

是谁，把鸣响警笛变成人民心扉里的佳音
沟壑泥泞的泽洼处剖开了豺狼的祸心
目视了仇恨，也哀洗了亡灵的泪痕

是谁，在危险来临时举起信念铸就的金色盾牌
是谁，挥汗呐喊握紧了担当锻造的青色钢枪

是谁与法治同行，捍卫着党纪国法的尊严

是谁与祖国同在，守卫着千家万户的安宁

是谁举起燎原之火，为这片土地守护着春秋

是谁用一卷蓝图，展开七十年的眉头

繁华的城市，是发光的灯

荒凉的僻壤，是暖怀的山

平凡如一滴水

却折射出藏蓝色的无限光辉

普通如一粒沙

却支撑起共和国的平安大厦

（三）

七十年翱翔，七十年热泪

七十年峥嵘岁月，把足音汇集

最有力的合奏

七十年的荆途，七十年的光辉

七十年的英魂凝聚不朽的丰碑

以其古朴与雄浑，悲壮与神圣
凝结成茁壮的血之根
闪烁在万古苍原之上

七十年，用生命换来和平
七十年，用艰苦换来安康
我们远离炮火
却从未熄灭对黑暗的持戟长啸
我们告别战争
却一直持续和罪恶的殊死搏斗

观河沙沉沉，积淀多少记忆
历史的宏伟，尽情涂染十月的阳光
我开始把自己当作一粒种子
用生命种植在祖国的土地上

看雄鹰啸傲、大雁列队
辉煌的纪元，用苍劲的大手
唤醒拂晓的沉默
书写新征程的无限风光

所有未曾相遇的日子

——致敬全国公安系统"最美奋斗者"中已故英模

（一）

他们是一群普通警察
是新时代的一束束亮丽的花
每一颗芽都发自内心
每一缕香都连着肺腑

乌国庆、吕建江、任长霞、杨雪峰、艾热提－马木提
这些留在"最美奋斗者"行列中的名字
也留在人民无声呼唤的心底

用脊背迎接日出
把汗滴献给正午
你如泥土，你是大多数
你书写人间最大的歌赋

歌声里有战友的心绪
有生命的光阴

有离别的泪水

有慢慢老去的积蓄

所有未曾相遇的日子里

我们隔着崇山峻岭，隔着茫茫海洋

蓬头垢面贴近山水

都是追逐理想的赤胆忠心

同生死、同沉默地达成共识

同薄暮的风中

借用一切的岁月

去往从熹微到热烈的太阳

（二）

有一种人，为了某种使命而降生

为侦破案件而生，为寻找真相而来

他，为案件侦破找到至关重要的突破口

他，在棘手复杂的现场发现罪恶的蛛丝马迹

作为新中国成立之初，培养的第一代刑侦专家

乌国庆的名字

与一系列大案、难案、要案的侦破紧紧相连

一次次临危受命，一次次立下奇功

走出内蒙古茫茫草原的少年，成了刑侦领域的泰斗

对许多摸爬滚打在刑侦一线的民警来说

铮铮铁骨，冷静面孔

这个身影就是"定海神针"

有这样一位退休老人

下了飞机、火车不先听汇报，直奔现场

在现场亲自看、亲自摸、亲自闻一闻

盛夏时节，不顾阻拦跳下一米多深的爆炸坑

趴在坑底细细筛查

寒冬腊月，带着年轻人

一道在刺骨的冷水中清洗爆炸残渣，找寻蛛丝马迹

一包咸菜、一节电池、一个被咬了一口的苹果

他从细微之处发现线索

退休返聘，他出差次数比老伴儿上街买菜的次数还
要多

凡是犯罪必有现场，凡有现场必有线索

面对群众充满悲伤和期待的眼神

充满着对生命尊严的渴求

充满着对公平正义的呼唤

充满着对党、对人民警察的信任和期望

带着这份嘱托
走完八十三年的传奇人生，乌老平静地离开人世
"乌国庆"三个字，从此化作
难以跨越的高山，猎猎飘扬的旗帜，一座不朽的丰碑

（三）

他很普通——
一张念叨群众事情的"叨叨嘴"
一副把百姓当亲人的"热心肠"
一双为民服务不喊累的"勤快腿"

他，又不甘于平凡——
河北省第一个创办网上社区警务室
第一个创建公益失物招领网
第一个开通警察实名微博和微信公众号

他是为民服务"不下班"的好警察吕建江
他有更响亮的网名"老吕叨叨"
预警支招、寻人找物、咨询救助
一条条饱含深情的"叨叨"

成为连接线上、线下的感情线

孕妇羊水破了打不到车，找老吕

孤寡老人房子漏了，找老吕

居民煤气中毒，找老吕

家庭发生矛盾，找老吕

2017 年 12 月，这个冬天异常寒冷

上千市民、数万网友再也找不到老吕忙碌的身影

四十七岁的生命积劳成疾，猝然离世

风小，雨停，海棠花又开

从此多了一个"吕建江综合警务服务站"，在路口屹立

只要心中有爱，警徽永远闪亮

只要一心为民，初心始终在线

许许多多的"老吕"

还依然守护在那里

（四）

她，是一个十七岁孩子的母亲

她，也是人民群众的英雄儿女

四十载的峥嵘岁月

有一半奉献给自己钟爱的事业

从警校学员到预审民警，再到刑警领队
这样的年华里
理想有了永不停歇的发条

王松集团六十五名成员的落网
李心建"砍刀帮"的覆灭
冠子岭杀人案的告破
她以女性柔弱的双肩
挑起了打黑专案组的重担

一步步的血汗抛洒彰显着
公安局局长的坦诚公告
一步步的坚韧不拔书写着
共产党员的庄重誓言

无情的硝烟中
布满血丝的双眼
在人民警察的史册上
镌刻下不朽的名字：任长霞

为家乡的山山水水
撑起万丈红霞的蓝天

给黑恶势力的头顶

悬起一把正义的利剑

随着春雨

化作人民心中连绵不绝的思念

（五）

春节期间

灯火通明、万家团圆的日子

正月初三

杨雪峰与歹徒搏斗、血流如注

在车流中伫立

在人海中呼吸

你是道路的卫士、都市的眼睛

而这一次，杨雪峰留下了他的背影

送走了余晖晚霞

再也没有迎来清晨的第一缕霞光

在十字路口，那交警的亮绿色制服格外醒目

你是这座城市鲜活的名片

不倦的脚步周而复始地穿行

困难中，似亲人般地帮扶

危急时，总是无畏地冲锋

热情似火，胜过不断蹿升的高温

坚强不屈，承受着风霜雨雪的洗礼

是谁？走遍大街小巷

把迷路的孩子送回母亲的怀抱

是谁？耐心细致地疏导交通

是谁？为出走的少年讲述人生的哲理

洒下的汗水混同飞扬的尘埃

那一刻，凝结了所有的苦和累、怨和屈

都被一笑而过

坚强的骨骼垒砌成文明出行的框架

英雄的本色点燃了黑夜平安的眼睛

群众安危比命还大

雪花纷纷

或许用一种悠远的回音

灵魂更近的山峰

在这深情的热土上绽芳华

（六）

新疆皮山，这个条件艰苦的国家级贫困县

时任所长的艾热提多方联系

才找到一张张办公桌

然而，他没有被困难击退

面对危险，他说隐蔽！退后！让我来！

面对事业，他说这是毕生的追求

面对人民，他又说他是人民的儿子

无法忘记，烈日下走街串巷湿透的警服

风雪中奔波一线吹红的脸颊

无法忘记，驻守于边疆孤独的坚守

扎根基层平凡中的伟大

他用生命去守护的

正是在心中比生命还珍贵的人民

每一次出警，每一次行动，每一次抓捕

他，他们，兵不卸甲、马不卸鞍

在救援的最前沿

从死神手中抢回时间

在抗震的第一线

用双手托起生命的明天

驻守在高原雪山

给受困者带去许多温暖

经受多少艰难困苦

放弃多少假期休息

煎熬多少不眠之夜

甚至，还要直面凶残的暴恐分子

最终倒在了冲锋的号角里

匆匆作别，阳光那么耀眼

失子之痛留给年迈的父母

生活的重担留给柔弱的妻子

孩子一声声地喊着"爸爸"

却再也无人回应

他的不舍，留在祖国的大西北

与沙拐枣、红柳、白杨一道守望边疆

（七）

一声声恸心的呼唤

一段段含泪的情思

从踏过泥泞的雄风中走来

从热血沸腾的警营里崛起

吹拂着高山的翠柏

吹遍了神州的警营

所有未曾相遇的日子里
无数张笑脸
使无垠星空变得灿烂
无数个声音
使多少心灵受到感染

你走了
带着对人民无限的深情走了
带着对深爱的事业无私的奉献走了

你走了
还带走了白发双亲的惦念
丈夫深深的眷念
儿子永远的呼唤
以及战友们无言的期待与深深的怀念

你走了
走得没有一丝遗憾
你用剑胆琴心的浩然正气
树立了人民警察的豪迈风采

谱写了无私奉献的生命赞歌

直到双腿麻木，失去知觉
直到有一盏灯闪过
生命的堤坝，誓言的走向
大地醒着，根植春天的念想

所有未曾相遇的日子
升起着弯弯曲曲的炊烟
跋涉也罢
奉献也罢
一切只为持光前行

时间的痕迹

——纪念来宾北站派出所教导员杨智

梦中，他又来到白雾中的山脉

回望这四十四年的一生，日子总与水有关——

多少次适逢夏季汛期，为侦破货盗案扛起设备蹚水前行

多少次追击嫌疑人，为抓捕工作冒着冷雨跳入泥潭

多少次连续蹲守，为避免错过时机连一口水也不敢多喝

而这一次，他长眠在了红河水畔触摸光阴的速度

二月的"请战书"还放在原来的位置

原来的位置已失去熟悉的身影

身影停留在，为怀孕青年女警送来煲汤锅

停留在，为隔离的辅警兄弟送来肉蛋菜

停留在，为派出所争取的第一批紧急防疫物资

而这一次，他奔忙的脚步终于停下来

最后的一声道别已成多余

列车，化作被忧伤发射的子弹

只能颤抖着歇息

孤苦的妻儿，白发的父母

一片凋零的花瓣，就能把他们绊倒

而这一次

时间好似锋利的刀，把昨天和今天砍成两截

当我握住这把刀，想让时间停止

办公室挂钟的嘀嗒声，载走

一个人如梦初醒的恍惚

望着随他远去的清风

白蝴蝶艰难地寻着花朵

我放下手中的笔，只为腾出双手

在轰鸣声和汽笛声中，再抚摸一次辽阔山河

四月书

时间，在某一处停顿、止步
打开窗，春风涌入
所有的冬日都在等待
鸟鸣远去，停止哀伤
河流重新缓缓经过渡口
它们已然在摇篮中放置太久

又有一位战友离开了
四月的夜晚
我们谈起生命，是多么轻盈
而厚重的词语
穿越苍茫的云海、浓雾
带着山峦起伏的呼吸
带着那些枝枝蔓蔓的事物
此时，离散与飘零正走在路上

所有惊艳的、欣赏的、赞美的

那些沉寂的岁月，只为了一刹那绽放

遒劲的花朵，亦如

饱经岁月磨砺的老树

隔着一场场冬雪与夏阳的距离

香透肌骨如灵魂的四月天

这月光震颤着，震颤着，是什么

取走了我婆娑的泪水

那些闪电亮起，冲锋号拉长尾音

点点烛光里跳动着闪亮的眼睛

和土地上的血肉相连

季节的片段，总能听到骨头上刻下

碑的挽歌，墓的哀思

寄给白莲的信笺

在过去与未来之间

寄一封信给白莲

我要用最温柔的语句称呼你

如同称呼自己

曾经天各一方

跋涉了四百年坎坷的路途

历经岁月的风雨

脸庞带着沧桑

远离的日子彼此牵肠挂肚

疲惫的身心被泪水擦拭

回归的执着依然

伶仃洋岸边纯洁的圣莲绽放

三十二点八平方公里，需要阳光

生命的尊严从来都不是别人给予的

灵魂如鸟，燕已归巢

用泥香糅进花开的芬芳

写给灰心的种子

摆脱颓废弱小

恢复芳华的勇气

重新发芽、生长

写给暗哑的河流

走出郁闷、彷徨

如今

粤港澳大湾区的规划

港珠澳大桥的通畅

闭上眼是风景

睁开眼是四季

流淌在笔尖的

是一代代传承的期许和企盼

缔结为洁白的信笺

写给所有的今天和明天

前行的路上

列车在讲述，载来春天和期盼

载来从远方而来的祝福

载来记忆深处的日月星辰

于是，我捧起了我的珍重

口罩之上，是坚定而温暖的目光

从站台到车厢的距离

是另一座城市的起点

穿越灯火阑珊

在这个五月踏上新的征程

车窗外匆匆闪过的风景

村庄、树木、河流在后退

迎面的风浩瀚而汹涌

连绵不绝的千山和万水守着风笛声声

空旷的车站再次人潮涌动

他们手里牵着未来的日子

肩上背着生活的希望

渐渐模糊的背影

而今，打开了内心坚实的篱笆墙

前行是岁月唯一的方向

钢轨枕木之上

生命的接力一茬又一茬

汇聚磅礴的力量

让旭日的温暖

在大地山川辐射与弥漫

奋斗吧！青春

我从不犹豫

怀着各自的理想

眺望心中的方向，而眺望是青春的姿态

没有一位雕塑家可以定格

劳动者的神情，镀亮奉献者的格言

我从不犹豫

夜空飘游的月亮

于这迎来送往的世界

奋斗开始的号角响彻云霄

人生的风霜，终归化为生命的芬芳

如果我青春的蓬勃朝气

还能有清新的绿意

我愿将热爱的种子撒向土地

青春的生命成长在这里

生命的青春驻扎在这里

坚硬的道砟，平顺的钢轨

在没有黑夜揭起的帷幕里

它们是骨架、血脉、心肺

哐哐的声音是青春跳动的脉搏

脚步成为青春永恒的节拍

风霜雨雪里奔波

星光的枝叶守护着飞驰的列车

我们在灯光里前行

穿越无边隧道，山间市镇，穿越寂寞或繁华

雨湿的窗前有水滴落下

日记上记着：

在钢轨边歌唱的人们

声音多么粗犷啊

在时间和现实的夹缝里

那身子全是精神的凝聚

让青春在奋斗中燃烧

长在铁道旁的新绿，搭建

通往梦的桥梁

衔着鸽哨的明天，等待阳光奔来

不如，把光亮寄存在将要抵达的远方

用尽一切奔向你

——献给白衣战士甘如意

黄昏时分，荆江南岸

亮起璀璨的灯火

我知道：这是金戈铁马

从历史深处递来的一星一火

我的家，我来护；我的国，我来守

只需要一张"临时通行证"

从荆州回武汉的信念，便牢牢握在手心

车牌号的位置写下"自行车"

望眼欲穿的归程

呼唤着"尽快返回工作岗位"

四天三夜跨越三百公里

背上行囊和干粮，奔向你

骑车、步行、搭车，咬紧牙关奔向你

携带着饥饿与寒冷，无声地前进

心中唯有——奔向你

奔向疫情重灾区，奔向

牵挂的同事，奔向等待抢救的病患

绵长的清醒，保持在午夜的深渊

此时，所有的失语和街道一样空荡

只要向前走

就会缩短心跳与心跳的距离

快一点，再快一点

落日追赶着我，奔向你

晚风阻挡着我，奔向你

飘雪伴随着我，奔向你

奔向雨过天晴的朝日，奔向多灾多难的土地

孤零零的鸟儿，分下一羽给我吧

顾不上膝盖肿痛，双眼模糊

被口罩劫持畅快的呼吸

我和你和许许多多的人

急切寻找着时间的向度和正确的出口

江水奔流不息

劈开了万重叠嶂的阻难

珞珈山，已被血液烧得沸腾

我终于身披白色战衣

融入逆行的队伍，奔向你

我们互相抵达

在生命的彼岸，分割着

黑夜与黎明

短评集

　　艾诺依是一位新锐诗人，她的诗歌敏锐、细腻、澄澈而精巧，她观察这个世界的角度有时让人意想不到，有着独特的女性之思，又有着古典之韵和意境之美。艾诺依的一颗诗心隐匿在生活背后，抓住情感中爆燃的激情，勾勒出动感与明亮的线条，直指人心。她的诗歌品格是宽广豁达和坚毅顽强的结合，善于深入生活的幽微处，也有超出生活的练达，小细节和大情怀生动具体，去衬托人生的厚重。我们能体悟到她那份感怀与思索，既有灵性，又有柔韧，探寻有温度的诗歌、有灵魂的表达，做到思想和语言的熔炼，是美遇到了美，是诗遇到了诗。

——邱华栋（作家、诗人，中国作家协会书记处书记）

　　诗恍若人间精灵，只有敏感多情的人才能用文字捕捉，这需要天赋，也需要后天的勤劳，这两者艾诺依都不欠缺，她的诗里有着万千气象，也有百般性情，可谓潜力无限，大有前程！

——李少君（诗人，《诗刊》社主编）

　　从某种意义上说，热情是青年人的专利。艾诺依的诗歌让我们充分领略到了这一点。如火如花的热情与真挚，会融化读者的心。

——张策（中国文联全委会委员，全国公安文联副主席）

艾诺依的诗充满着生活的张力，具有独特的品质。伴随着阅历的丰富与人生的成熟，她的诗一直在茁壮成长。丰厚的意象，温馨的韵味，欢快的节奏，带给我们更多的思考和美的享受。

——王雄（作家，中国铁路作协主席，

原铁道部政治部宣传部副部长，《人民铁道》报社党委书记、社长）

艾诺依在作品中努力寻求语言艺术的激荡与韵味，因为她知道诗歌是一些神奇的文字，它们发自一个人的内心，能唤起所有共同经历者无尽的幻觉与联想。

——林莽（诗人，中国作协诗歌委员会委员，北京大学新

诗研究院特约研究员，北京作家协会理事、《诗探索·作品卷》主编）

艾诺依走在通向生命经验的正确道路上。她的写作兼具叙事与隐喻的双重属性，想象力与设置力是互相匹配的。她的诗犹如一座花园，置景多姿多彩，草木葱茏茂盛，有温暖的色调与生活的质感。有节制的抒情与无界限的通感交相映现，构成了她特有的朴素与成熟。假以时日，她将成为一个有经验深度，又独具个性的写作者，让我们拭目以待。

——张清华（诗人、评论家、北京师范大学文学院教授、

博导）

艾诺依的诗歌兼有素朴和美艳的风致，能够在传统与现代的交融里有效地拿捏。现实的生活实感与想象的生动画面互为补充，构成了艾诺依诗歌区别于其他诗人的优势。诗人的家国情怀取代了儿女情长，眷怀自然，贴近现实的真情实感如大河的波涛，连绵不绝。

——梁平（诗人，中国作家协会诗歌委员会副主任，

四川省作协副主席，《草堂》杂志社主编）

艾诺依的诗时时处处如她在《无尽光芒》中展开的画面：钟声敲响，世界倒立，身披落满四季的衣裳，穿过无数星辰，爱你的人从很远的地方回来……旖旎，梦幻，迢遥，华丽。走进她的诗行，你会怀疑你正走进一颗发光的天体，一路流光溢彩，时而在星辰间飞翔，时而在花朵中逗留，时而在湖水中荡漾。所谓《山河万朵》，我愿读作日月行天，光芒铺地，到处是诗的绽放、歌的绽放和爱的绽放。

——刘立云（鲁迅文学奖获得者，《解放军文艺》原主编）

布罗斯基说：阿赫玛托娃的姓名是她写下的第一行成功的诗句。最初我以为艾诺依是笔名，后来才知道这是她本名。她的诗就像她的名字，杂糅诸多元素，有异国情调，有边地少数族裔色彩，却又蕴含古典中国文化的道统、情致与韵味。她还是名警察，90后，有明亮的格调和优美的语言，还拥有一批读者。更有趣的

是，无论以拼音还是以笔画排序，这个名字都像阿赫玛托娃一样，往往排在一本诗选的前列，一轮古老而美丽的月亮，就像读她的诗歌，渗入白银的质地与凛冽的光芒。

——杨克（诗人、作家，中国作家协会主席团委员，中国作协诗歌委员会副主任，中国诗歌学会副会长，《作品》文学杂志社原社长）

艾诺依的诗歌，呈现了一种剧烈变迁时代广阔的生活史视野和敏锐犀利的自我体验的深度交织，在一种没有远方也没有故乡的深度对峙的语境营构中，她执着、细致地探讨了回到自我、心灵和日常的现代乡愁的浓度、烈度与诡秘度，以及个人性展开的可能性，在城市主义时代碎片化的人性境遇和生存事态中，以毫不气馁的个人性修辞策略和及物方法，揭示了当代精神在放逐和守望之间某种互文见义的移动的诚恳、智慧与不动声色的及物耐力！

——阎安（诗人，鲁迅文学奖获得者，陕西省作家协会副主席）

艾诺依的诗歌五色斑斓，异彩闪烁，或想象险峻，或质地奇崛，山河壮丽中蕴草木柔美，历史沧桑里含青春激情。

——师力斌（诗人，《北京文学》副主编）

艾诺依的诗歌灵动、温暖、充满对万事万物的好奇，在浅吟低语中求证着人世间的纯真和善意。

——杨庆祥（中国人民大学文学院副院长，教授，博导）

艾诺依的诗像早春山坡上刚刚发芽的青草，以蓬勃的姿态和清新的气息，给读者的心灵织上翠绿与明亮，让人有了一种跃跃欲飞的冲动和缅想。艾诺依的诗属于青春和火焰，它飞扬着，升腾着，呼吸急促，气血饱满。诗之河流也随之鼓胀着，起伏着，仿佛踩着心跳的节拍，让情感之潮水荡漾着，奔流着。艾诺依的诗没有她的前辈女诗人那种向内凝聚力，紧紧地抱住内心；而是向外释放，让心灵敞开，并勇敢地迎向扑面而来的月光与海浪，更多是来自人间的尘烟、喧嚣、缭乱与凡俗的幸福与烦恼。当然有时她也会低头默想，那是爱在沉思，犹如万里晴空中突然聚集了几丝雨云，让她灵动的诗里，多了深沉、清凉和回环的美。

——李犁（诗人、评论家）

艾诺依作为青年诗人，虽然文笔略显稚嫩，但其诗作却呈现出一种开阔的生命气象，她在瞬息万变的现代生活中，有自己深沉的思考和独特的视角，文采绚丽、笔底生花。难能可贵的是她作为90后，没有沉浸于一己的悲欢中，作品充盈阳刚、明朗的浩然之气，所呈现的浓烈的家国情怀和担当气概更是难能可贵！

——梁永琳（《人民日报》原文艺部主任，中国美术家协会理事，

中国书法家协会理事，中央文史研究馆书画院院委）

诗是现实世界在灵魂上的投影。《山河万朵》展示的是灵魂之花散落尘间的绽放，这些花朵含苞于尘世，有烟火气，来自诗人的经验世界，经过诗性的过滤，却也有着脱俗的、为诗人所独有的生命体验，自有一番魅力。描摹丰富、细腻、立体，呈现着诗人多维度的书写，既有日常生活的提炼，又有行旅屐痕的记录；既有童趣的盎然，又有对特定职业的赞颂。不同题材入诗，对所有的诗人都是一种考验，或互补，或相克；或和谐，或杂糅。

——邓凯（作家，《光明日报》文艺部执行主任）

读艾诺依的诗集《山河万朵》是一次独特的阅读体验。其诗作柔情里濡染着阳刚，现代里浸润着古典，明快里氤氲着淡淡的忧伤，总之有着醇厚的人间烟火气。诗集中一百多首短诗，既充盈着青春的真情，又善于营造独特的意境，且每每能在生活细节中有会心一笑般的发现，犹如从语言中抽出丝，编织着一幅美丽的云锦。艾诺依的诗作，音色接近于小提琴，优雅、曼妙、细腻、甘醇，也有一点点忧郁和神秘，是用诗的小提琴演奏出的、关于青春生活的寓言和童话。

——刘笑伟（中国作家协会全委会委员，《解放军报》文化部主任）

艾诺依的诗歌有深厚的传统素养，鲜明的旋律、雅致的词句，甚至古典的氛围，如"余情画尽，多一场年华婆娑""松软潮湿，随雁，浅浅成诗行"。同时，艾诺依也有极强的进入时代和现实的能力，比如写驱车远行，"今天和明天隔了一个爆胎在路上"；比如写都市日常，"我们又一起吃过很多的炸鸡，从此原谅，那些饥饿的对抗"。困扰、无奈、伤感，抑或批判，无论哪一种情感、态度或心理，诗人都轻柔、温暖，就如"爱上一湾波涛，却没留住大海"，就如"雪花是凉的，四季想送它一条编织的围巾"。艾诺依的这种敏感、细腻、分寸正一步步沉淀为风格，一种以典雅抵近当下的气质。

　　——李鲁平（诗人、评论家，湖北省作协副主席，武汉市作协副主席）

　　我在读读停停之间完成了艾诺依的这本诗集的阅读。停，自然是掩卷遐想，流连忘返在艾诺依诗歌的留白当中。停，是将自己在喧嚣中安静下来，独自向隅，获得瞬间放松，体会诗之外的诗——这是艾诺依诗歌的美妙之处。

　　艾诺依写诗似乎漫不经心，以至"梦""相思"，在"风飞起"时"修剪身上的散叶枯枝"。当越来越多的诗歌热衷于遣词造句或者说是技巧时，我们不由得对她的漫不经心多了些许情不自禁的喜悦。我们于是相信，艾诺依的"云"，可以涂抹"口红"，也相信"前世光芒"，在艾诺依"披着铠甲"的"河水"中"闪耀着"。

　　——木汀（随笔作家、诗人，中国诗歌学会副秘书长）

　　艾诺依偏要做这样的挑战者，她用一颗年轻的心叩问宇宙的秘密，天真地让世界倒立起来，果然地上便是无数星辰。

——田湘（诗人，广西作协副主席、诗歌委员会主任，

中国铁路作协副主席，全国公安文联诗歌分会副主席兼秘书长）

艾诺依的诗歌从她的写作策略到作品的阅读效果是高度一致的。光、温暖，这两点是她在处理个人经验时一直清醒的自觉。生活细节中存在的晦暗被光照亮，一些冷漠的惆怅被转换为类似希望的温暖。这样的写作，对于更广泛的人群是有效的。

——周庆荣（诗人）

艾诺依就像大地之上一个执拗的星光收藏者，她的语言有着星光之辉和银子的质地，总是能照亮灵魂最黑暗的部分；她有一颗草木之心，对万事万物保持着初恋般的敏感、细腻和温柔，抒发着对尘世无限的热爱；她有一颗长不大的少女心，偷偷在自己心里种星星，偷偷用星辉洗夜色，用月光酿白日梦，用星光勾兑思念和乡愁，书写着属于自己的独特星语；她偶尔也会像一个恶作剧的孩子，路过人间的时候，举起时光这个万花筒，短暂呈现出现实光怪陆离的那一部分，让我们看到了一缕袅袅的烟火气。

——邰筐（诗人）

艾诺依是文学的复合者、多面手，她的诗歌甫一现身诗坛即为"异类"（非"另类"）的存在：其作品出自实相却不缺乏想象

力，底基于个体主体性却回避了"青春期"臆想。在这个意义上，我认为她作为诗人毫无疑问是时代与生存的体验者——通过自己文体意识不断建立现实、命运相纠葛的"精神肖像"。

——李瑾（诗人）

小艾的诗真切、灵动、鲜活，属于自然放松而有质地的表达，除了天赋之外可见扎实努力的思想轨迹。她的艺术感觉是全方位的和全息的，已渐渐呈现出宽阔的艺术可能。

——李木马（诗人，中国铁路书法家协会秘书长）

艾诺依诗，灿烂多姿，清新隽永，启迪心智。

——黄峥（中共中央党史和文献研究院研究员）

一切的结果都是时间的预谋，所有的诗都直指其中的破茧而出，浴火重生并且精神高贵而灵魂圣洁。让读者能在自己的诗里沉迷、感悟与超脱，这便都是最好的诗。作为作者，光阴不负；作为读者，知音难得。

——楚天舒（诗人，中央电视台制片人、导演，

中国诗人俱乐部副主席兼秘书长）

这本诗集犹如一束花束，绽放一朵朵美丽芬芳的花朵。诗如其人，艾诺依的诗歌，散发着单纯而温热的气质。她从日常场景

出发，一步步走进深层次的生命与生活，思考着人类的亘古主题，演绎着人间之爱。

——臧海英（诗人）

　　诺依是来自铁警战线的 90 后诗人，在其高挑修长的身形下，有着一颗热情、善思、聪敏之心，其将这些信息鲜活、洞彻地融入诗歌，将生活、工作、旅途之悟以清新、自然、巧妙的文字记录笔端，在当今诗歌界绽放自己独特的光芒。

——杨清茨（诗人、书画家，中国社会主义文艺学会书画院副院长，

中国教育发展战略学会传统文化专业委员会常务理事）

　　艾诺依是一个精灵一样的诗人，如山林中的小兽，语言善于跳跃。又如长着触角和翅膀的昆虫，思绪灵敏，会飞。她的诗歌充满了灵性。尘埃中的绽放，或单纯，或热烈，或灵光闪现。表达层出不穷。它承载着艾诺依对青春、情感、生命、梦想、存在、诗歌本身的种种认识。

——杨方（诗人、作家）